KB116248

한 그루의 나무를
아무도 숲이라 하지 않는다

한 그루의 나무를 아무도 숲이라 하지 않는다

개정판 1쇄 2013년 8월 19일
개정판 3쇄 2017년 11월 22일
지은이 용혜원
펴낸이 김영재
펴낸곳 책만드는집

주소 서울 마포구 양화로3길 99, 4층 (04022)
전화 3142-1585·6
팩스 336-8908
전자우편 chaekjip@naver.com
출판등록 1994년 1월 13일 제10-927호
© 용혜원, 2013

ISBN 978-89-7944-441-4 (03810)

이 도서의 국립중앙도서관 출판사도서목록(CIP)은 e-CIP
홈페이지(http://www.nl.go.kr/cip.php)에서 이용하실 수 있습니다.
(CIP제어번호 : CIP2013010949)

용혜원 첫 시집

한 그루의 **나무**를
아무도 **숲**이라 하지 않는다

책만드는집

1 그대의 창가에서 봄을

기다림의 발자국 소리를 2

3

천 년을 하루같이

못다 한 이야기 *4*

삶

찾고,

찾고,

또 찾아다니다가

찾아내면

또 새로운 것을 찾아

헤매는 사람들

찾고,

찾고,

되풀이다

당신은 사랑하는 이를 기다려보셨나요

그대의 창가에서 봄을 *1*

담쟁이

하루만큼씩 하루만큼씩
자라는 키로
그대의 창을 보고 싶습니다

온몸을
벼랑에 기대어
조금씩 조금씩 커지는 그리움으로
당신을 만나
사랑을 만들고 싶습니다

아름답던 날들이
가을바람에 날아가 버려도
사랑을 잊을 수 없는
나의 목숨만은
그대의 창가에서
봄을 기다리겠습니다

그리움

꽃이 핍니다
예전엔
그대 가슴에 안김이
이제는
휑하니 비어옵니다

사랑할 때는
꽃술을 머금은
그대 입술에
빈 잔이었습니다

미워할 때는
바람에 닿은 촛불처럼
조각 난 마음조차 꺼졌습니다

당신은 누구이기에
이 몸을 이토록 불사릅니까

당신도
뭇사람 중에 단 한 사람
그 외에
나에게 무엇이기에
이리도 사로잡습니까

이제라도 오십시오
내 마음에 그리움이
꽃으로 피어납니다

봄날에

우리 사랑의
벅찬 가슴은
잎새도 없이
피어나는 목련화이어라

만나고 싶은 얼굴로
피어난 이 꽃을
뉘라서 잎새가 없다 비웃으랴

꽃샘추위마저
시샘하던 가지에
꽃들이 만발하듯
그대 사랑은 가득하리라

잎새도 없이 피어나는
꽃처럼 진실하리라

진달래 붉게 물들고
개나리 노랗게 피어나는
이 봄에
우리 사랑은
무슨 빛깔로 피어나리

어느 날엔 보고파
잠 못 이룬 밤을
이제는 당신 곁에서
기뻐 잠을 못 이룹니다

예전에는
꿈결에도 그리던 님을
이제는 마음껏 사랑할
당신이라서
긴긴밤이 다 새도록
울었습니다

수많은 사람 중에 만나
사랑으로
꿈을 이룸이
어찌 행복이 아니겠습니까

오늘
당신과 나의 가슴에
부는 바람도
아픔보다는
삶의 의미라 하겠습니다

봄비

사랑하는 이
그리움처럼
봄비가 내린다

가슴을 적시고
방울방울
꽃이 되어 피어난다

온몸을 적셔도
아무런 투정을 부리고 싶지 않은
사랑하는 이
입술처럼
부드럽게 내린다

나는
홀로 걸으며
비에 젖는데
사랑하는 이
지금 어디서
이 비에 젖고 있을까

봄비는
꽃들이 피어나는
신비한 사랑을 내린다

사랑하는 이를 기다려보셨나요

당신은
사랑하는 이를 기다려보셨나요

짧은 시간인데도
시계가 커다랗게 된 것은
초조한 마음 때문입니다

눈앞에 두고도
가슴이 뛰어
발걸음도 떼지 못하고
어찌할 바를 몰라
울어버린 마음을 아시나요

그분의 모습과
조금만 닮았어도
혹시나 하고
뛰어가고 싶은
마음을 아시나요

사랑하는 이가 오지 않을 때
아쉬움 속에
수없이 뒤돌아보며
가슴에 배어나는
쓰라린 눈물을 아시나요

당신은
사랑하는 이를 기다려보셨나요

사랑하는 이여 함께 가자

사랑하는 이여!
함께 가자

어둠 속에서
빛을 찾을 수 있다면

절망 속에서
소망을 찾을 수 있다면

아픔 속에서
기쁨을 얻을 수 있다면

사랑하는 이여!
함께 가자

사랑을 받던 계절 속에서
사랑을 나누어야 할 계절이 오고 있을 때
우리가 함께하므로 기쁨이 있으리니

우리 사랑이 꽃이라면
계절 없이 피어도 좋으리라

사랑하는 사람

그리운 사람이 있는데
만날 수가 없습니다
어디서 사는지 알 수가 없습니다

일생이 지나도록
만나지 못할지도 모른다 생각하니
가슴이 너무도 아파옵니다

계절은 돌아오는데
꽃들도 다시 피어나는데
새들도 돌아오는데
사랑하는 사람은
왜 만날 수가 없습니까

이제는 문을 열어놓아도 소용이 없습니다
이제는 가슴을 열어놓아도 소용이 없습니다

일생을 살면서
너무도 먼 날 그 사람을 우연히 만난다면
그때 나는 무엇을 말해야 합니까

봄동산

누이의 볼처럼
발그레 물든 봄동산에
님 찾아 헤매는 사랑이여

그대의 고운 손
이 몸만 감싸오니
아늑한 품에 안기리다

님이여!
마음속에 있는 사랑일랑
꽃향기 되어 날리소서

어찌 사랑한다는
말도 못 하여
봄이 오면
온 산을 붉게 물들여버리오

내 기다림에 지쳐 휘날리기 전
사랑하노라
말 전해주오

이제도
피어오르는 이내 마음은
오직 당신을 사랑하는 마음뿐

떠나는 마음

이제는
귀를 기울여봅니다

차마 고개를 들 수 없는
너무나 벅찬 아쉬움이
가슴에 남아 있습니다

서러운 눈망울 속에
다시 만날 인연을 생각하며
내 마음
내 정열을 쏟아봅니다

가을은
가시는 님의 마음과 같은 것
온갖 열림의 축제 뒤에
바람은 너무나 차갑습니다

잎도
모두 다 떨어지는데
헛된 꿈으로 살아온 나는
그리움에 지친 사슴처럼

멀리
떠나면서도
당신의 이름을 부릅니다

첫사랑

누구든
가슴에 느껴온 찬란한 빛
야릇한 마음에
하늘을 떠간 조각구름

첫사랑은
그리움을 만들기 위한
떠남의 출발 신호인가

뭉클뭉클 가슴에 피어오르다
설레는 마음으로
잡을 수 없게
떠나버린 바람

아픔인 듯
추억인 듯
마음에 새겨져 있다

첫사랑이란

아름답게 피어나

지워지지 않는

못다 한 이야기

마음의 문

마음의 문을 열어보세요
닫고 있으면
괴로움만 생기는 것을
가끔씩도 닫지 마요

하늘은 열려 있으나
구름이 가끔씩 닫아버리면
비를 뿌리듯
닫힌 마음에
슬픔이 이는 것을 알아요

열린 하늘에선
찬란한 빛도
아름다운 별들도 볼 수 있어요

열려 있는
당신 마음을 보면
우리 사랑이 얼마나
함께하는지 알 수 있지요

열린 하늘에
무지개 놓이듯
그대 열린 마음엔
우리의
사랑의 다리도 놓일 것입니다

만남

우리에겐
나의 이야기가 있고
너의 이야기가 있고
우리 만남의 이야기가 있다

아픔의 이야기
사랑의 이야기
만남의 이야기는
가슴에서 가슴으로 전해져

낮과 밤이 서로의 얼굴을 바꾸듯
손과 손의 따스한 사랑처럼
눈과 눈의 그리움처럼

그대의 아픔은 빛이 되고
그대의 사랑은 꽃이 되리니
아! 우리 모두가 아름다워라

우리의 만남은
샘물이 되고
강물이 되고
바다가 되어
드디어는 태양 같은
거울이 되리라

나비

커다란 날갯짓으로
사뿐히 날아올라
온갖 유혹으로
피어나는 꽃들을
포옹할 수 없어
꽃술에 입맞추고

하루의 환상이
찬란히 불타올라
꽃에서 꽃으로
날아간다

진한 몸짓으로
향기 속에 살다간
예쁘디예쁜 여인처럼
치마폭을 휘저으며
춤사위를 쉬지 않는다

달콤한 사랑도
가슴이 작아 작별을 하고
기댈 등조차 없어
한 시절 날고 날아
바람만 일으키고 간다

가을 아침

밀려가는 시간 속에서
과거만 남은 낙엽들이
잊힌 이름처럼
떨어지는 길목에 서면

어색한 타인의 땅처럼
가을 아침이면
어디론가 떠나고 싶다

찬란함도
뜨겁던 정열도 사라진 지금
미련만이 남아
앙상한 나무 곁에서
기다림의 발자국 소리를 듣는다

가을은 열매로 익어가는데
떨어지는 낙엽 속에
왜 고독이 함께 오는가

모두 다 떠나고자 하는데
나는 아직도
무엇을 위하여
또다시 기다리는가

삶의 노래

사람이
그리울 때면
바람에 흔들리는
문소리에도 눈빛이 따라가
가슴 텅 빈 노래를 부른다

그리움이
없을 땐
거울을 보아도
화장하지 못하고
옷 입는 즐거움도 잊는다

밤하늘에
별이 없다면
사람들은
그리움을 노래하지 않으리라

들판에
꽃이 피지 않으면
사람들은
사랑을 이야기하지 않으리라

그리움은
인생의 별을 수놓고
사랑의 꽃을 피운다

한 그루 나무 그늘에서라도

살아갈 만큼의
인생을 몰라 서성거리고
남겨놓은 발자국 따라 살면서도
서툴러 두리번거린다

지나온 삶을
차창 밖의 풍경처럼
스케치도 못 하고

마주치는 얼굴은 많은데
어설픈 웃음도 없이
바람처럼 스친다

가슴에 살아
기억될 이름도
손가락으로 꼽을 수밖에 없고

그리워

부를 이름도

하나 둘 입가에 맴돈다

늘 서 있어도

풍성한 여유가 있는

한 그루의 나무 그늘에서라도

흐르는 시간을 잊고

쉼을 얻고 싶다

나는 그대 곁에 기도의 등불이 되고자 합니다

기다림의 발자국 소리를 *2*

해바라기

당신을
맞이하고자
세상에서 가장 밝은 얼굴로
피었습니다

당신을
꼭 안아주고자
커다란 손도
가졌습니다

하지만
당신을 받아드릴
가슴이 없어
보고픔만
담을 넘었습니다

백합

한 송이 한 송이
피어날 때마다
등불이 되어
어둠을 밝히고자 합니다

하늘의
축복된
순백의 사랑이고자 합니다

사랑을
어찌 단 한마디 말로
표현할 수 있나요

나는
그대 곁에
기도의 등불이 되고자 합니다

작은 꽃망울이 터질 때마다
그리움이
안개에 젖는다

어찌 이리도
작은 꽃들이
모든 이에게
아름다운 사랑을 가르쳐줄까

꽃들의
미로 속에서
그리운 이들을
만날 것도 같은데

보면 사라질 듯
소리 없이 피어나
모든 이에게 행복을 준다

진달래꽃

바람 소리도 다른
사월에
산 돌아 들 돌아
설레는 마음으로
피어나는 꽃

누구의 사랑이
이토록 온 가슴으로
피어날 수 있더란 말인가

사랑하는 이도
떠나면
아픔을 새기며 견디는데

세월 찾아와
부끄러움도 없이
뜨거운 가슴으로 피어나니
누군들 부럽지 않으랴

들국화

누구를 기다리다
찾아온 찬바람이
너 혼자 울게 하였는가

외로이 피어나
들판의 남은 가슴을
두드리는 여인이여

그대 또한
지난 여름날
사랑의 아쉬운
시간의 묶음으로 피어나

외로움을
견디지 못해
차디찬 걸음으로
떠나는
가을 여인이여!

할미꽃

삶의 황혼에서도
꽃을 피우고 싶어하는
우리네 사람처럼
산과 들
잊힌 땅에서
하나씩 피어난다

아무도
돌보지 않고
가꾸지 않아도
봄이면
인생을 떠나는 사람들의
자서전처럼
기억 속에서 살아난다

기다림에 지쳐서인가
삶의 시련 때문인가
피어나 질 때까지
하늘조차 바라보지 않는다

아! 그대가
꽃다운 웃음으로
단 한 번의 사랑이라도
받을 수 있을런가

봄에 피어도
떠나는 인생의
짙은 의미로 피는 꽃이여!

선인장

살아감에 아픔을
온몸으로 앓으며
님을 향하여
일어서고
또 일어섭니다

꽃 피울
잎새도 없으나
어느 꽃보다
아름답게 피어날 수 있는

사랑을 주신
님의 마음을
함께하고 싶습니다

어느 날

어느 날 오후에 당신의 집을 찾았습니다
작은 방 안에
혼자 있는 당신의 인형을 보고 있었습니다

어쩌면 그렇게도 당신 모습일까요
눈동자까지도 너무나 닮았습니다

눈가에 맺힌 눈물자국도
어쩌면 그렇게 당신일까요

오래도록 생각이 나
기다리다 돌아왔습니다

그러나
오늘은 당신을 만났습니다
인형은
당신의 거울이었습니다

마음의 벽

우리는
저마다
벽을 쌓고 산다

처음 만나도
가벼운 인사로
마음이 열리는데

무엇 때문에
마음의 벽을
무너뜨리지 못하나

어린 날의 벗들은
벽이 없어
언제나 반갑다

헐고 나면
순수할 텐데
가슴을 앓는다

거만과 가식으로
장식해 무엇 하나
사는 날 동안
열심히 마음의 벽을 헐자

순수한 그대로
벗들을 반기자

외로움

혼자는
고독한 죽음이다

한 그루의 나무를
아무도
숲이라 하지 않는다

나목

온몸으로 말하지 않아도
너의 정지된 모습은
숱한 아우성을 쏟아놓고 난 뒤의
우리의 모습이 아니냐

손을 뻗칠 대로 다 뻗쳐도
잡을 것이 없고
이 세상에는 너를 감싸줄
무엇도 없어
바람만 온몸을 스치며 간다

너의 모습을
내가 어찌 말하랴
우리의 삶
우리의 모습인 것을

가을비를 맞으며

촉촉이 내리는
가을비를 맞으며
얼마만큼의 삶을
내 가슴에 적셔왔는가
생각해본다

열심히 살아가는 것인가
언제나 마음 한 구석이
허전한 채 살아왔는데
훌쩍 떠날 날이 오면
미련 없이 떠나버려도
좋을 만큼 살아왔는가

봄비는 가을을 위해 있다지만
가을비는 무엇을 위해 있는 것일까
싸늘한 감촉이
인생의 끝에서 서성이는 자들에게
가라는 신호인 듯한데

온몸을 적실 만큼
가을비를 맞으면
그때는 무슨 옷으로 갈아입고
내일을 가야 하는가

당신 앞에

때로는 사람이 싫습니다
때로는 사람이 무섭습니다
때로는 사람이 미워집니다

때로는 내가 싫습니다
때로는 내가 무섭습니다
때로는 내가 미워집니다

언제나
내 잘못이라고
언제나
내 탓이라고
말을 하지만

땅을 말하지 않으면
하늘을 말할 수 없는데
모두 진실이 없습니다

인생은 정해진 길을 가는 것
흐트러져야 용서가 없기에
이렇게 당신 앞에 서 있습니다

감옥 같은 날

당신은 감옥 같은 날을 알지요
가슴이 터지도록 아파서
어디론가 떠나고 싶지만

나서면 강이요
나서면 산이요
나서면 바다요
어디든 인생의 벼랑이어서
돌아서면 갈 곳이 없어

하루가 지나고
이틀이 지나고
세월이 가면
그런 마음도 잊고 살지요

당신이 축복받은 날

당신이 축복받은 날
가난한 나는 드릴 것 없어
초조합니다

마음은 태산보다 더 높게
당신께 보내고 싶지만
당신의 따스한 사랑이 날아갈까 싶어
울타리라도 치고 싶습니다

내 찬미함은
당신께 주의 축복이 있기를

이 빈 두 손을 모아
먹구름을 벗긴
하얀 달을 드리고 싶습니다

내 사랑 홍조를 띤 모습에
장미꽃 한 송이를
달아드리고 싶습니다

이제 막 피어오른
꽃 한 송이를 가꾸기엔
너무나
당신의 정성이 필요합니다

우리의 슬픔은 오늘에 끝내자

가슴에 이는 설움을 참지 못해
수많은 눈물방울로
터져버린 석류알처럼
가슴 아픈 일이 많을지라도
하늘과 땅의
푸르고 파란
두 바다로 흘려보내고
우리의 슬픔은 오늘에 끝내자

오해와 갈등으로
가슴을 울리던
나팔꽃들처럼
떠들썩한 소문도
너와 나의 뜨거운 가슴으로 녹이고
아침을 기다리는 마음으로
우리의 슬픔은 오늘에 끝내자

설혹

내 마음만이라면

내 마음만이라면

하는 생각이 있더라도

온몸의 가시의 아픔도 견디고

더욱더 고상하게 피어나는

장미꽃처럼

그대의 가슴에 안기고 싶은

마음이 있다면

기쁨을 기다리는 즐거움으로

우리의 슬픔은 오늘에 끝내자

고서古書에서

먼지 쌓인
책 사이의
네 잎 클로버

수십 년 세월의 소중함보다
떠나간 사람의 아쉬움

누군가
사랑을 위해
간직했을 들판의 한 조각

어느 풀밭에서
전하고 싶은 말일까

누구에게
전하고 싶은 사랑일까

잊힌 사람들의
네 잎 클로버
이렇게 소중한
사랑의 조각은 남았는데
사랑하는 이들은
어디로 갔는가

마음에 피어나는 꽃 마음의 눈빛으로 하나가 된다

천 년을 하루같이 *3*

밤바다를 보며

모든 아픔이
밀려오는 밤바다에서
죽음처럼 다가오는 어둠을 본다

저기가 인생의 끝인가
살아 있는 바다만 보고
살아온 나는
어두운 바다에서
죽음을 느끼며
밤이 무서워진다

밤을
기다림으로
사랑의 체온으로 녹이며 살았기에
어두움에 쫓기며
자꾸만 자꾸만 불빛을 찾아 걷는다

삶은
순간순간 죽음을 잊고 사는
즐거움에 사는 것인가

옥수수

먹구름이
몰고 온 여름에
수많은 이야기가
들판으로 모여든다

할아버지 수염을 달고
익어가는 옥수수가
가난한 여인의
치마폭에 감싸여
이야기를 만들고 있다

알맹이 하나하나에
예쁘디예쁜
개구쟁이 꼬마들의
웃음소리가 가득 차 있다

신나는 것은
수많은 이야기가
멋진 노래가 되어
입 안 가득히
쏟아져 내리는 것이다

여름이 오면
멋진 하모니카를
신나게 불고 싶어진다

오늘 내가 사는 세상은

오늘 내가 사는 세상은
허무하다면
온통 무너지듯이 울고 싶도록 허무하고

오늘 내가 사는 세상은
사랑한다면
으스러질 만큼 껴안고 싶도록 사랑스럽다

하늘은 푸르기만 해도 좋을 듯한데
먹구름만 그리워하는 이 있고
비 오는 날에는 우산 속을 거닐어도 좋을 듯한데
온통 비를 맞으며 걷는 이 있다

언제나 그대로인 하늘에
구름만 흐르듯
세상에 태어날 때는
모두가 순서대로 오지만
떠날 때는
순서 없이 되돌아오는 이 없이
모두 다 간다

오늘 내가 사는 세상은
발자국도 세지 못하며 살았는데
내가 한 말도 다 기억 못하는데
내 어찌 사랑을 이루었다 하리

오늘 내가 사는 세상은
서성이다 가는 것인데
내 어찌 미워할 수 있으리

그림자

그림자는
또 하나의 나
신의 가죽옷을
못 입은 죄의 껍질

인간의 발꿈치를 물어
죽음을 부른다

나의 그림자는
일생을 유혹으로
서성거릴 뿐
뜨거운 포옹조차 거부한다

온종일
발목을 미행하다
밤이면
내 살을 간음해 늙게 한다

내 운명이
최후의 시간을 알릴 때
가장 다정하게
내 볼을 맞대고 눕는다

나의 그림자는
나로 태어나
어둠을 살다
어둠으로 사라지는
내게는 가장 긴 침묵이다

하늘과 땅

하늘을 보고
사는 사람들은
행복한 사람들이다

땅만 보고
사는 사람들은
가난한 사람들이다

하늘과 땅에
맞닿은 사람들은
언제나
시계의 두 바늘에
매달려 산다

24시간의 인생
25시는
불행한 시간이기에
우리는
더욱 하루에 묶여 산다

어느 날인가
우리는 하루의 시간조차
못 채우고 떠날 것이다

허공만 응시하는 사람들 속에
어느 시각에
하늘과 땅의
순수한 만남을 이룰 것인가

인생

무슨
이유가 있습니까
무슨
변명이 있습니까

벌거벗은 몸으로
정신없이 이 땅에 태어나
흰옷을 입고

별조차
그리워할 시간도 없이
쫓기던 사람들이
죽어서도 흰옷을 입습니다

인생은
웃으며 살다가 울고 마는 것

만나려 태어나
헤어짐으로 끝나고
혼자 울며 태어나
여럿 울리고 떠나는
우리의 이야기

살아 있는 날들을 위해

한 발자국 두 발자국
발걸음을 세면서
지내던 시절에는
즐거움으로 가득 찼습니다

거울조차 쳐다볼 여유도 없이
지나쳐가는 날들은
낮과 밤이 어우러져
괴로움만 남깁니다

기쁨 속에 세는 날들은
즐거움을 주고
괴로움 속에 세는 날들은
아픔만 줍니다

인생은 수많은 날 속에
과거와 미래를 함께 사는 것
우리 살아 있는 날들을 위해
기도를 드립시다

아침 햇살

아침 햇살이
찢어진 문 사이로
손등에 다가와
심신을 파고든다

실처럼
가느다란 생명의 선
끊어질 듯 말 듯
내 손등을 비춘다

어머니의 품에서 느끼는
포근함처럼 따스하다

손을 스치고
내 몸의 혈기를
북돋아준다

아침 햇살이
나의 마음에
평안을 준다

친구

사노라면 그리워
마음에 피어나는 꽃

언제나
마음 곁에
정다운 모습으로
다가오는 얼굴들

마음의 눈빛으로
하나가 된다

언제나
보고파 달려가면
손을 잡는
반가운 목소리

내게는
소중한 마음의 꽃들아
우리 언제나
정답게 살자

봄

보리피리 소리를 타고 온 봄이
들판에서 아지랑이를 피운다

따스한 햇살을 받아
푸름으로
가슴을 설레게 한다

나물 캐는 손끝에서
잠든 아기의 가슴에서
꽃들의 발자국 소리를 듣는다

봄은
둑길을 달리는
소년들보다 먼저 와
양지에 모여 있는
소녀들의 가슴에 가득 차 있다

축제가 끝난 뒤

텅 빈 공간에 서면
떨어진 웃음 조각들이
하나 둘
나에겐 허무로 몰려온다

초대된 사람들이
한 무리가 되어
무언가 이룰 듯이 소리치고
우리는 하나라고 외치다가 떠나간
축제 마당

그들의 외침만큼이나 풍성했던
남은 것들을 쓸어 담으며
그곳 사람들의
아우성이 또 다른 곳으로
몰려간다

거울을 보면서

사람들이
거울을 보며
옷을 입으면서
울기 시작했다

얼굴을 그리는
사람들이 많아지면서
화장 속으로
숨어든 사람들의 얼굴이
신음하기 시작했다

꽃들이 화장하는 것을 보았는가
새들이 숨어 사는 것을 보았는가

왜 우리는 점점 더 큰 거울 앞에서
화장을 더욱 진하게 하며
매일같이 울고 살아가는가

촛불

사르오리다
사르오리다
천 년을 하루같이 기다리는
임의 마음처럼
사르오리다

온몸이 빛을 이루어도
임의 빛 그늘에도
이르지 못하오나
이 한 몸 녹이어
구석진 곳이나마
밝힘이 된다면
온몸을 사르오리다

임은
죄 없이도 온몸을 드렸는데
이 몸이
눈물을 흘려도
가슴 뜨거운 이여!

사르오리다
사르오리다
이 몸을 남김없이 사르오리다

사람들은

사람들은
하늘과 땅의
공간이 너무도 넓어
일생을
헤매며 산다

온 세상 가득 찬 것은
하늘뿐
땅도
산도
바다도
인생도 한 조각

사람들은 꿈이 많고
현실은 너무도 작아
가던 길을 되돌아본다

날마다
거리에는 사람들이
살아 있으므로
땅만 메우고 있다

모두 다
채울 인생이 짧아
만나는 사람마다
아쉬움을 이야기한다

갈수록
세상을 채우는 것은
밤의 어둠뿐
그래 세상이
자꾸만 더럽혀져 간다

나이 들수록
과거만 이야기하는
사람들은
젊어지고 싶어
오늘도 웃는 연습을 하며
살아간다

자유의 노래

노래하라 대지여
축복하라 영원한 빛이여
춤을 추라

해는 낮을 노래하고
달은 밤을 노래하라

자유여
땅을
바다를
하늘을 노래하라

땅이 바다가 되어도
농부는 땅을 노래하고
바다가 땅이 되어도
어부는 바다를 노래하고
산이 무너져 내려도
광부는 산을 노래한다

노래하는 시인이여
젊음이여 영원한 꽃이여
춤을 추라

사랑을 노래하고
인생을 노래하라

인생의 끝이 오기 전에

친구를 만들자
내 인생의 끝에서
손을 흔들어줄
사랑하는 이를 만나자

영원한 과거와
영원한 미래 속에 사는 우리가
무수한 발자국을 모아
인생이란 한 권의 책을 만들고
마지막 한 장의 백지마저 쓸 때

대지의 깊은 곳에서
안식을 누릴 시간을 위하여
서툴기만 하던
사랑을 연습하자

용서를 할 수 있어야
사랑도 할 수 있는 것
기다림도
언제나 내 앞에 우뚝 서
문을 열고 들어서는 것
평안한 마음으로 살고 싶다

이유란
돌을 던지면 일어나는
파문과 같은 것
갈등을 휘몰고 온다

친구를 만들자
사람도
새도
나무도
그리고 자연 가까이 살자

황소

순하디순한 짐승아!
누구를 위한 삶이기에
그리도 말없이 살아가느냐

크나큰 두 눈을
한 번도 부릅뜨지 못하고
목 매인 줄이 얼마나 길기에
네 발로 서서
먼 산만 바라보느냐

거대한 몸짓으로도
부드러움을 주고
사랑을 받으면서도
늘 가슴 아픈 짐승이여

가슴에 맺힌 말을 못 하여
되새김질만 하고
허공에 외마디만 지르고 사느냐

원함도 없이
가야 하는 날
슬프디슬픈 걸음으로
뒤돌아보며 눈물을 흘리는
가여운 짐승아!

베스트셀러

언제부터인가
수많은 글자가
포장되는데
깨끗한 언어는
가슴에서 멀다

이 땅의
수많은 설렘이
에로티시즘에 불타
어디든 살아난다

사랑하는 자는
수많은 언어로
꽃을 피우고
죽음의 황혼빛은
새벽빛으로 변신한다

"베스트셀러"
만들어진 역사는
논쟁을 만든다

오늘은
살아 있는 글자들의
신선한 자음과 모음을
가슴에 새겨야겠다

마음의 문을 열어보세요 아름다운 별들도 볼 수 있어요

못다 한 이야기 4

아내의 눈빛

해를 거듭해 살며
눈빛으로 통하는 사이가 되었다

어느 날엔
아내의 눈에는
온 세상 어떤 빛으로도 알 수 없는
야릇한 마음을 주는 사랑이 있고

어느 날엔
슬프디슬픈 사슴보다 더 아픈
전설이 숨어 있다

아내는 소설이
쓰고 싶다 한다
커다란 눈과
거짓 없는 마음엔
언제나
수많은 이야기를 만들어낼 듯한
표정이 살아 있다

행복은 얼마나

삶을 불행하게 살아가는 사람이 있어
하는 말이 아닙니다
모두 다 한동안은 그런대로 행복하게
살았다고 합니다
어느 날 문득 불행이 찾아왔다고 합니다
어느 날이 문제입니다
그 어느 날이
하루가 되고
한 달이 되고
일 년이 되고
어떤 사람에게는 평생이 됩니다

삶이 행복하다는 사람은 말합니다
어느 날에 행복이 이루어진 것은 아니라고
하루도 아니고
한 달도 아니고
일 년도 아니고
일생을 두고 이루어놓은 것이랍니다

불행은 어느 날에 이루어지고
행복은 평생에 이루어지나 봅니다
평생을 다하여 이룬 행복은
얼마나 가지고 살아야 합니까

내 작은 소망으로

내 작은 가슴에
소박한 꿈이라도 이루어지면
그 작은 기쁨에 취하여
내 마음의 길로만 갑니다

언제나 당신 앞에 설 때면
짓궂은 개구쟁이처럼
더럽혀진 모습이었습니다

당신은
십자가의 아픔도
사랑의 빛으로 주셨으니
그 빛 하나하나가
우리 가슴에 사랑으로 비추입니다

오늘은
내 작은 소망이나마
봇물처럼 쏟아져 나오는
뜨거운 마음의 기도를
드리고 싶습니다

오늘은
주여!
기도의 다리를 놓아주십시오
당신을 만나고 싶습니다
당신을 사랑합니다

도시

도시인은 모두 다
찻잔에 묻어나는 입술 자국처럼
대가를 지불하고
떠나야 할 사람들

한 줌의 흙조차
아파트 베란다에서
꽃을 피운다

금전을 구하는 눈들은
가로등보다 밝고
걸인의 손은 길어만 간다

골목마다 어둠이 쌓이는데
길 잃은 군상을
세워줄 정류장은 어디 있나

폭우가 쏟아지는데
지하도에서 파는 신문은
젖지도 않은 채
광고만 가득하다

사라지는 시간을 쫓는
헤드라이트 불빛이
도시를 뚫고 달아나는데

거리엔
뭇사람이 빼어놓은
혀들이 모여
말하고 있다

번민

나는 투쟁도 하지 않았는데
피투성이가 되었다
허공에 내던져진 열 손가락을 끌어당겨
스물여덟 뼈마디를 움켜쥐고 있는데
피투성이가 된 이유는 무엇이냐

심장조차 도려낼 수 없는
쓰라림을 소리치며 웃다
길가 상품처럼 전시되어 있는
과거를 아는 녀석이 미친 듯이 웃고 있을 때
나는 꼬꾸라져 두 무릎을 꿇고 말았다

창문을 활짝 열어도
바람 불지 않는 날은
웃지도 울지도 못하는 꼭두각시가 되고
비 오는 날은
사형수가 되어 방황하며
집으로 돌아갈 줄 몰랐다

책을 보고 있을 때
글자들이 열 지어
눈앞을 빙빙 돌아도
하얀 백지 위엔
아무런 이유도 생기지 않았고

허공에 내던져진
열 손가락을 열심히 움직였는데
아무런 투쟁도 못한 채
나는 피투성이가 되었다

편집 후기

하늘에
땅에 갇혀
벗들과
죽음을 노래한다

빈 손바닥을 보고
어린 날 놓쳐버린
풍선을 보듯
허무를 노래한다

때론 웃고
때론 울고
그렇게 함께 살아가는 것이다

고장 난 전화기에
동전을 집어넣는
희미한 바람처럼
희망을 노래한다

아침이면 넥타이를 맸다가
저녁이면 풀어헤치는
형 집행관이 되어
삶을 노래한다

때론 웃고 때론 울며
그렇게 함께 살아가는 것이다

종로에서

아직은
파란 생명이 돋아나지 않은
봄이 오는 곳에서
사랑하는 시인을 보았다

강물처럼 흘러가는 인파 사이로
봄인 양
우리에게 다가오는
따스함이 있었다

세상을 사랑하고
인생을 사랑하고
시를 사랑하는 이

홀로 걸으나
더불어 걷는 그의 모습
가로수 사이로
시인의 행복한 웃음에
복잡한 거리도
잠시 웃음에 젖고 있었다

이 시대의
행복한 사나이
그의 순수한 사랑의 시를
간직하고 싶다

한 걸음 한 걸음
수많은 인파 사이로 사라져간다
그는 우리의 벗이요
영원한 시인이다

자학

문을 잠그고 누워
내 마음의
감옥을 만든다

불도 끄고
눈조차 감았는데
내 마음이 살아나
거리를 헤매고 있다

살아 있는 것들의 이야기를 들으며
죽어 있는 것들의 이야기를 들으며
탈춤을 춘다

아직 완성된 것이라곤 없는 나는
살이 달아나고
뼈만 앙상히 남아
흔들리고 있다

시선을 앓고
감촉을 앓고
생각을 앓다

뼈 마디마디가
무너져 내리면
다시 나를 만나고 싶다

널따란 세상에
나의 자유란
허공에 매달린
생각뿐이다

서울

여인의 몸짓으로
거리의 간판이 바뀌고
유행은 모델의 가슴에서 피어난다

사람들은
흘러가야 하는데
모이고만 있다
가난한 이들의 호주머니에선
가족들이 목청 높여
소리를 지르고

닭 우는 아침과
개 짖는 저녁을
잃어버린 지 오래다

백화점의 상품만큼이나
글자 많은 명함을
가진 사람들이 웃는다

서울은 어둠에 안질이 걸린 태양이
소녀들에게
별들의 노래를 들려주지 못한다

터미널에서
고향 떠난 사람들의 발자국들이
떨어진 육체를 붙들고
울고 있다

사랑할 수 있는 마음을

기도할 때는 홀로 있게 마소서
주께서 함께함을 알게 하소서
나의 미움은 드러나게 하시고
당신의 사랑을 갖게 하소서

내 가슴의 아픔만 알고 있으면
남의 아픔을 생각할 수 없습니다
욕심은 버리게 하소서
사랑의 욕심만은 갖게 하소서

살아 있는 날 동안
열심히 사랑하게 하소서
사랑할 수 있는 시간에
사랑할 사람을
사랑할 수 있는 마음을 허락하소서

목숨 있는 날 동안
사랑할 수 없는 사람도
사랑할 수 있는 마음을 허락하소서

어머니

산골을 흐르는 물처럼
잔잔한 내 어머니 이마 주름에
사랑의 세월이 이어져 있다

숱한 세월
넘나드는 발길에
눈물을 삼키며
시련을 가슴에 앓고
남은 자취를
세월 속에 쓸며 간다

아들의 간청을
한 번도 고개 저은 일 없기에
가슴에 보이지 않는
아픔이 새겨졌다

나는
언제 어디서
그 사랑의 흐름에
잔돌이라도 되어
노래를 들려드릴까

거리에서

수없이 떠나가고
수없이 모여드는 사람들

얼굴과 얼굴로
눈과 눈으로
입과 입으로 말을 하지만

기다리는 사람들 중에
만나는 사람들 중에
헤어지는 사람들 중에

한 사람
한 사람
나도
그중 한 사람

지나는 사람들을
눈여겨보아도
알 듯한 얼굴
본 듯한 얼굴이 없을 때

홀로 서 있는
거리는 어색하다

차를 탈 때면
손잡이에 매달려
차 안을 돌아본다
아는 얼굴이 있을까

아무도 없을 때
문득 낯선 세상에 온 듯
창밖을 본다

가끔씩
웃으며 반기는 얼굴을 만나면
반가움에 기쁨이 앞선다

낯선 세상
모르는 사람들을 사귀며 사는 세상

오늘도
차를 타며 돌아본다
아는 사람이 없다

6월이 오면

이 땅의 사람들은
여름이면
무던히도 쏟아져 내리는
장맛비처럼

진한 눈물과
빗속에 씻겨간 아픔으로
한 서린 땅 위에 산다

범죄자도
국경을 넘을 땅이 없는
삼 면은 바다
한 면은 이데올로기에
숨 쉴 틈도 없는 땅

6월이 오면
아이들에게 무엇을 말할까

무수한 아픔이 일어나
가슴을 뜯고 노래를 불러도
허공에만 남을 뿐

겨울이면
이 땅을 하얗게 덮는 눈처럼
살을 에는 아픔만 준다

이 땅은
철새들만 오며 가며
쉬는 곳인가

6월이 오면
가슴이 죄어온다
이 땅이
섬 아닌 섬에서
육지로 변할 날은 언제인가

또다시
얼싸안고 춤출 날이 오면
그때는
지나온 역사를 기억하리라

살아 있는 강은 흐르고

살아 있는 강은 흐르고
새들도 살아서 노래하고
벌레들도 울어댄다

우리는
어디로 가기 위해
매일을 사는가
만나고 헤어지고
헤어지고 만나고

아픔만 느끼는 삶을
허무만 느끼는 삶을
살면 살수록
사랑이 더욱 그리운 삶이다

아침에 일어나
얼굴을 씻는다
오늘은 달라 보인다는 말에
왜 마음이 가벼워질까

인생도
애착을 가지면 가질수록
진한 눈물과 아픔이 흐르는 것을

살아 있는 마음은 어디든 흐르고
억수같이 쏟아져 내리던 소낙비도
나무들이 받아들이면
샘물이 되듯이

수많은 사람 중에
샘물 같은 사람이 있다

언제나 마음을
촉촉이 적셔주는 사람
그리운 사람
오래도록 함께 있고 싶은 사람
詩 같이 언제나
흐를 줄 아는 사람
사랑할 줄 아는 사람
사랑하고 싶은 사람

살아 있는 강은 흐르고
사람들도 흐르고
나도 흐른다